Nick
la main froide

FONDATION
MARIE ENFANT

*Pour le mieux-être des enfants
ayant une déficience physique*

Les éditions du petit monde verseront une partie
des profits générés par la vente des livres
Nick la main froide à la Fondation Marie Enfant
du Centre de réadaptation Marie Enfant,
CHU Sainte-Justine.

François Tardif

Nick
la main froide

ÉPISODE 7
LE SECRET DE VLADANA

Illustrations de Michelle Dubé

Les éditions
du petit monde

Les éditions du petit monde
2695, place des Grives
Sainte-Rose
Laval (Québec)
H7L 3W4
450 622-7306
www.nicklamainfroide.com
nick@leseditionsdupetitmonde.com

Direction générale : Maude Prézeau
Direction artistique : François Tardif

Révision linguistique
et correction d'épreuves : Marie Auclair
Aide à la correction : Josée Douaire
Conception graphique et mise en pages : Olivier Lasser
Illustrations : Michelle Dubé

Dépôt légal,
Bibliothèque et Archives nationales du Québec, 2008

**Catalogage avant publication de Bibliothèque et Archives
nationales du Québec et Bibliothèque et Archives Canada**

Tardif, François, 1958-

  Le secret de Vladana

  (Nick la main froide)
  "Épisode 7".
  Pour les jeunes.

  ISBN 978-2-923136-08-0

  I. Dubé, Michelle, 1983- . II. Titre. III. Collection:
Tardif, François, 1958- . Nick la main froide.

PS8589.A836S42 2008   jC843'.6   C2008-940977-9
PS9589.A836S42 2008

FRANÇOIS TARDIF est né le 17 août 1958 à Saint-Méthode au Québec.

Il a étudié en théâtre, en cinéma et en scénarisation. Auteur de la série télévisée *Une faim de loup* diffusée sur Canal famille et sur Canal J en Europe, il en interprète aussi le rôle principal de Simon le loup. Il est aussi l'auteur de nombreuses pièces de théâtre pour enfants, dont *La gourde magique, À l'ombre de l'ours, Vie de quartier, La grande fête du cirque, Dernière symphonie sur l'île blanche, L'aigle et le chevalier* et *Les contes de la pleine lune*.

Depuis quelques années, il plonge dans l'univers de *Nick la main froide* et prépare déjà l'écriture de ses prochaines aventures, dont *La Coupe de cristal, Le dôme de San Cristobal* et d'autres histoires qui mèneront Nick et toute sa bande aux quatre coins de la planète.

* * *

MICHELLE DUBÉ est née le 5 septembre 1983 à Baie-Comeau.

Elle crée avec Joany Dubé-Leblanc la revue *Yume Dream*, dans laquelle elle publie ses bandes dessinées. Elle travaille aussi comme dessinatrice avec Stéphanie Laflamme Tremblay à une nouvelle BD.

Elle adore le dessin et l'écriture. Cela lui permet de s'évader et d'avoir une bonne excuse pour avoir l'air dans la lune. Durant ses passe-temps, en plus d'adorer la compagnie des animaux, elle dévore les romans en grande quantité. Nouvelle collaboratrice des Éditions du petit monde, elle se lance dans l'illustration des personnages des nombreux épisodes à venir de la collection *Nick la main froide*. Bienvenue dans l'aventure.

Résumé de la série jusqu'ici

Nick a une main froide. Sa tante Vladana, alchimiste et sorcière, fabrique des parfums et des potions qui guérissent les gens. Un jour, elle entreprend la fabrication d'un élixir aux propriétés secrètes. Dans un livre très ancien qu'elle a exhumé d'un tombeau égyptien, elle trouve une liste de 360 ingrédients saugrenus. En réalisant cette potion, un accident se produit et Nick reçoit sur sa main droite un liquide inodore et invisible. Sa main enfle tellement que les médecins veulent la couper. Le lendemain, mystérieusement, elle redevient normale. Normale ? Pas vraiment ! Sa main a maintenant des propriétés insoupçonnées que Nick découvre au fil des jours. Son nouveau voisin, Martin, est le premier à comprendre que cette main est dotée de pouvoirs. À partir de ce jour, Nick et Martin deviennent d'inséparables amis et partagent tous leurs secrets. Béatrice Aldroft, une Américaine qui vient vivre au Québec pendant un an, se lie d'amitié avec eux. Ensemble, ils décident de changer le monde.

À la suite d'une explosion, Vladana perd la mémoire et, ainsi, tous ses secrets. Des espions et des lézards aussi horribles que dangereux tentent par tous les moyens de s'approprier le secret que semble posséder Vladana concernant une énergie fantastique.

Nick, Martin et Béatrice partent à la recherche de la mémoire de Vladana. Dans l'épisode 5,

Nick a réussi à parler avec l'esprit de Vladana. Sa tante lui a donné un livre dont il devra tirer un message secret. Ils partent donc tous en limousine (Nick, Martin, Béatrice, M. Lanverdière, Vladana, Winston le ouistiti et Georges le chauffeur), suivis de mystérieux personnages. Ils se dirigent vers Salem, où ils découvrent une partie du passé de Vladana et vivent la dernière étape d'une quête passionnante.

Dans l'épisode 6, Nick et sa bande rencontrent une amie de Vladana, Clara Hargrove, qui a vécu avec elle il y a de cela une dizaine d'années à Salem. Ils découvrent tous un indice qui dit que la mémoire de Vladana sera révélée au Museum of Fine Arts de Boston. Place à l'épisode 7, où le fantastique secret de Vladana, maintenant connu de Nick, Martin et Béatrice, changera leur vie à jamais.

* * *

Vous pouvez aussi lire :

PROLOGUE

Vladana recouvre une partie de sa mémoire et se souvient d'une phrase qu'elle disait à son amie Clara Hargrove quand elle se sentait en danger :

Écoute, si un jour je disparais loin de ta vue, cherche, viens au Museum of Fine Arts de Boston, je serai là pour un jour ou pour l'éternité, sûrement vêtue de blanc et de rouge.

Puis elle disait toujours le chiffre 465 et prononçait deux sons : *tesaa* et *sifr.*

Voici le récit qui résout l'énigme et révèle *Le secret de Vladana.*

CHAPITRE 1

Le Museum of Fine Arts de Boston

Nick affiche son sourire des beaux jours. Le soleil qui plombe sur la ville de Boston semble lui donner raison.

— Vite, Béatrice ! Dépêche-toi, Martin ! claironne très fort Nick devant le sentier sinueux qui les mène à l'entrée principale du célèbre Museum of Fine Arts de Boston.

Martin peine à suivre la cadence endiablée que Nick leur a imposée depuis le matin.

— Martin, rigole Nick, je ne pensais jamais qu'un jour je te devancerais à la course.

— Qu'as-tu, Nick ? On jurerait que tu as bu de la potion magique ! Depuis 7 heures ce matin que tu cours et…

Martin a de la difficulté à reprendre son souffle. Lui, l'athlète par excellence, le sportif des sportifs, doit aujourd'hui, après trois heures d'un véritable marathon, s'asseoir par terre et s'appuyer à un arbre. Béatrice, au moins vingt mètres plus loin, boit trois gorgées d'eau, atteinte elle aussi d'une fatigue extrême.

Nick, resplendissant, jette un coup d'œil à l'entrée du musée en déclamant autour de lui :

— Célèbre Musée des Arts, je sais que le secret de Vladana est entre tes murs. Et crois-moi, on va le découvrir.

Puis, tel Don Quichotte, le chevalier sans peur et sans reproche, il fait mine de brandir une épée, pourfend un dragon invisible puis retourne sur ses pas à la rescousse de ses acolytes.

Béatrice rejoint Martin et lui verse tout le contenant de sa gourde d'eau sur la tête pour réveiller ses esprits. Nick virevolte autour d'eux avant de s'agenouiller et de les prier ardemment de puiser au fond de leurs ressources.

— Martin, Béatrice, réveillez-vous ! Aujourd'hui est le plus beau jour de notre vie !

— Comment peux-tu en être aussi certain ? demande Martin qui ne peut s'empêcher de sourire en voyant son ami si joyeux et confiant.

— Martin, tu te rends compte ? Aujourd'hui, Vladana va retrouver toute sa mémoire. On a décodé le livre parlant de Salem, on a trouvé tous les indices et maintenant on sait : Vladana et le secret magnifique qui lui redonnera toute sa mémoire est ici au Museum of Fine Arts de Boston.

Soudain, Nick arrête de parler. Il regarde devant lui et fixe l'arbre auquel Martin et Béatrice sont appuyés.

— Magnifique, incroyable, miraculeux ! s'exclame Nick en reculant d'au moins dix pas.

De peine et de misère, Béatrice et Martin le rejoignent et doivent rapidement se rendre à l'évidence : la coïncidence est surprenante. Devant eux, devant le musée, l'arbre auquel ils se sont appuyés est parfaitement identique à l'arbre qui se trouve chez Vladana à Sainte-Rose. Identique aussi à celui qu'ils ont aperçu devant le restaurant Loutchinski à Salem.

— Un chêne à sept branches ! disent-ils tous les trois en chœur.

Ils éclatent de rire.

— C'est un signe, dit Béatrice, un signe que la véritable Vladana est tout près.

Martin et Béatrice retrouvent toute leur énergie et s'unissent à Nick pour dire haut et fort :

— Tous pour un et un pour tous !

S'il n'en tient qu'à eux, Vladana aura retrouvé sa mémoire avant le coucher du soleil.

— Venez, dit Nick !

— Attends, Nick, on va étudier le plan du musée et se répartir les tâches.

Ils s'étendent sur l'herbe et déroulent le plan qui les mènera, croient-ils, à la révélation du mystère de Vladana.

CHAPITRE 2

Le secret

Pendant ce temps, devant l'entrée du musée, monsieur Lanverdière reste dans la limousine, surveillant Winston. Vladana est assise sur la banquette arrière avec son amie Clara. Elle n'a pas osé suivre les enfants. Depuis hier (voir Nick, épisode 6, *Une sorcière à Salem*), elle se demande ce que veut dire ce message secret qu'elle vient de découvrir : *Écoute, si un jour je disparais loin de ta vue, cherche, viens au Museum of Fine Arts de Boston, je serai là pour un jour ou pour l'éternité, sûrement vêtue de blanc et de rouge.* Comment peut-elle être dans le musée de Boston alors qu'elle est ici ? A-t-elle un double, une jumelle identique, un clone peut-être ? Ah ! Cette mémoire qui lui fait défaut et tous ces souvenirs étranges qui lui reviennent sans cesse en mémoire, comme si sa vie était un film, toujours nouveau, toujours mystérieux. Pourtant, tout cela semble toujours si véridique.

— Clara, est-ce possible de se rencontrer soi-même ?

— Oui ! Devant un miroir ! dit Clara en riant.

Vladana se met à rire elle aussi. Elle est si contente d'avoir retrouvé son amie après dix ans d'une séparation incompréhensible.

— Clara, ça me fait tellement de bien de te revoir !

— Moi aussi, ma belle !

— Pourquoi ai-je quitté Salem et le restaurant il y a dix ans ?

Clara, avec patience, lui explique pour la dixième fois au moins que des agents de police et des agents secrets, sans doute, rodaient sans arrêt autour du restaurant Loutchinski. Beaucoup de gens cherchaient à en savoir plus long sur ses recettes et surtout sur ses pouvoirs de guérison.

— Je guérissais des gens, c'est vrai ?

— Nick m'a dit que tu le fais encore !

— Et je sais aussi qu'on me poursuit, comme si on voulait quelque chose de moi, mais quoi ?

— Tu possèdes un secret, Vladana, complète Clara. Je l'ai toujours su, tu possèdes un grand secret que tout le monde veut s'approprier.

— Et toi, tu le connais mon secret ?

— Non ! Quand les enquêteurs venaient me voir, je ne posais pas trop de questions. J'avoue que j'avais un peu peur des réponses ! Je craignais d'apprendre que tu devrais repartir un jour. Ce qui m'impressionne, Vladana, continue Clara, c'est que tu n'as pas changé du tout. Il y a dix ans que je t'ai vue pour la dernière fois et on dirait que tu n'as pas vieilli d'une seconde.

— Merci, c'est gentil, sourit Vladana. Je prends soin de moi, c'est le secret ! À moins qu'il n'y ait un autre secret ? Donc, tu disais que j'avais un restaurant à Salem ?

— C'était aussi une boutique d'herbes et de plantes !

— Ah oui ? Est-ce que je faisais du bien autour de moi ?

— Oui, vraiment beaucoup !

— Tant mieux !

— Tellement que des médecins ont commencé à se plaindre de tes activités… Ils perdaient des patients. Et tranquillement la police et des organisations secrètes se sont mises à tourner autour du restaurant. Ta nervosité devenait apparente. Des gens voulaient en savoir plus sur ton passé et jamais tu ne répondais… Je n'ai jamais su l'endroit où tu étais née !

— Je ne le sais pas moi non plus… Sans doute en Pologne !

— Ou en Russie, car tu parlais le russe… le chinois aussi… Tu as tellement de talent. Sais-tu que tu joues merveilleusement bien du piano ?

— C'est vrai ? Quelle chance ! J'ai peut-être tout perdu ! C'est vraiment difficile de ne plus se connaître soi-même. J'espère que je n'ai rien fait de grave et que ce que les enfants vont trouver à mon sujet m'aidera à retrouver ma mémoire.

— Un jour, continue Clara, ma sœur est venue te voir…

— Bridget, ta sœur s'appelle Bridget, répond soudainement Vladana, s'accrochant à un souvenir… Elle a les cheveux blonds bouclés et les yeux verts. Elle avait l'air tellement triste la première fois que je l'ai rencontrée.

— Tu te souviens ?

— Oui, oui, continue à me raconter toute ma vie sur la rue Kosciusco… Continue, continue. Peut-être que je retrouverai le sens de tout ça. Nick est certain que je vais tout comprendre aujourd'hui… Peut-être que je vais me rappeler de tout !

— Il est vraiment extraordinaire ce petit, non ?

— Oui ! Et ses amis aussi ! Ils m'aident tellement !

— Tu veux qu'on y aille avec eux, Vladana ?

Vladana hésite mais préfère rester dans la limousine à attendre le résultat des recherches de Nick, Martin et Béatrice, qui sont des détectives extraordinaires. Clara Hargrove lui tiendra compagnie. Son amie sort d'ailleurs plusieurs illustrations d'un petit porte-documents qu'elle tenait discrètement depuis leur départ de Salem.

— Qu'est-ce que c'est ?

— Regarde !

Clara lui montre, un à un, tous les dessins que Vladana faisait quand elle vivait à Salem.

— Oh ! s'exclame Vladana, c'est tellement beau.

Vladana plonge dans chacun des dessins comme si elle revivait des milliers de scènes. À chaque image, une larme coule sur sa joue.

— Ça va, Vladana ?

— Regarde, tous ces dessins de châteaux, j'ai l'impression d'avoir déjà vécu une vie de princesse.

Vladana étale tous les dessins sur les grandes banquettes de la limousine. Soudain, elle s'arrête devant des croquis de la pyramide de Khéops.

— Clara, dit soudainement Vladana, très surprise elle-même de sa découverte, j'ai déjà vécu tout près de la pyramide de Khéops !

* * *

Pendant ce temps, Martin, Nick et Béatrice entrent dans le musée. Ils sont décidés à ne pas sortir du bâtiment avant d'avoir tout découvert. La veille, dans la maison du père de Béatrice, qui habite Boston, quand Martin est allé chercher le plan du musée sur Internet, il l'a décortiqué au grand complet. Tous les coins du musée et toutes les expositions qui y sont présentées n'ont plus de secret pour lui. Il est certain d'avoir trouvé certains indices. C'est donc lui qui mène la barque.

Aussitôt entré, Martin donne ses instructions.

— Béatrice, toi tu pars de l'escalier qui est en forme de V; V pour Vladana, sans doute. Et tu fais le nombre de pas, de pieds ou de mètres que j'ai compté en me basant sur les mots que Vladana a dits à madame Hargrove en lui parlant de sa présence au musée, soit trente-cinq.

Béatrice dit tout haut la phrase qui semble avoir une grande importance :

— *Écoute, si un jour je disparais loin de ta vue, cherche, viens au Museum of Fine Arts de Boston, je serai là pour un jour ou pour l'éternité, sûrement vêtue de blanc et de rouge.*

— Pars dans toutes les directions, mais privilégie la direction ouest… car, sept fois dans la phrase, elle a employé les lettres OU… pour OUEST, sans doute. Je crois que c'est un signe.

— Tu as trouvé tout ça dans une simple phrase ? demande Béatrice.

— Et bien d'autres choses encore, mais commence par cette piste. N'oubliez pas que Vladana est là… Elle se trouve dans le musée… Est-ce sa photo, son double, son clone, son sosie, son casse-tête, sa statue de pierre, rien ne nous l'indique pour l'instant.

— Martin, tu es un savant ! lui lance Nick. Quelle chance nous avons de te compter au nombre de nos amis !

— On va retrouver cet indice et Vladana va redevenir Vladana.

— Il fait un peu froid ici, avec cet air climatisé, explique Béatrice. Je vais chercher mon chandail dans la limousine et je commence mes recherches.

— On se retrouve ici dans deux heures, d'accord? propose Martin.

— D'accord, acquiesce Béatrice.

— Un pour tous, rappelle Martin.

— Et tous pour Vladana, répond Béatrice.

Béatrice sort du musée Elle a une idée derrière la tête! Ce n'est pas vraiment le froid qui la fait retourner à la limousine.

— Nick, reprend Martin, je me suis surtout arrêté au chiffre que Vladana a donné à Clara, le chiffre 465. L'adresse du Museum of Fine Arts de Boston est le 465, Huntington Avenue, ce qui nous assure qu'on est au bon endroit. Et ce n'est pas tout, Nick, si on prend la phrase de Vladana:

Écoute, si un jour je disparais loin de ta vue, cherche, viens au Museum of Fine Arts de Boston, je serai là pour un jour ou pour l'éternité, sûrement vêtue de blanc et de rouge.

— Si on applique le code 4-6-5, cela veux dire qu'on compte quatre mots et qu'on garde le mot suivant. On garde le mot **je**. Ensuite, on compte six mots et on garde le mot suivant, le mot **viens**. Puis, avec le chiffre cinq, on obtient le mot **de**. Ce qui donne :

Je viens de

— Ensuite je ne sais plus… C'est compliqué tout cela, mais on va y arriver ! Et il y a d'autres indices importants. Vous vous souvenez des sons dont Clara Hargrove et Vladana se sont rappellées à Salem ? (voir Nick, épisode 6, *Une sorcière à Salem*) *Tesaa* et *sifr* ? Il faudra donc aussi traduire les sons *tesaa* et *sifr*. C'est en quelle langue ? Probablement en arabe, je ne sais pas ! Il y a des collections venant des grandes civilisations ici au musée. Partons tous les deux à la recherche du sens que l'on pourrait donner à ces sons.

Nick est vraiment impressionné par l'habileté de Martin avec les chiffres et les codes.

— On se revoit ici dans deux heures !

* * *

Malgré leurs recherches et le génie de déduction de Martin, au bout de deux heures, ils ne sont pas tellement plus avancés.

Béatrice semble un peu agitée.

— Et puis ? lui demande Martin.

— Je n'ai rien trouvé.

— Et toi, Nick ?

— Rien.

— Les amis, commence Béatrice, je sais comment trouver Vladana. Je n'osais pas employer les grands moyens, mais maintenant on n'a plus le choix. Si elle est vraiment ici, on va la trouver. Il faut utiliser le meilleur détective au monde…

— Ton père ?

— Non, Winston… Chaque fois que je parle de Vladana, il trouve sa photo, la pancarte de sa rue, la clef dans son cou… Le problème, c'est qu'il est le plus grand gaffeur de tous les êtres vivant sur cette planète.

— Oui, mais comment faire entrer Winston ici ?

— Facile !

Béatrice ouvre son sac à dos et en sort Winston. Ils se dépêchent de se cacher aux toilettes pour ne pas qu'un gardien de sécurité le voit. Béatrice lui fait sentir un chemisier appartenant à Vladana et lui montre du rouge et du blanc. Nick sort une photo de Vladana et la lui montre.

— Trouve Vladana, Winston, trouve-la ! Elle est ici ! En rouge et en blanc ! insiste Béatrice.

Winston part à courir à vive allure, franchissant la salle principale où un conteur africain qui joue du tam-tam en déclamant une histoire le salue calmement puis continue à jouer.

Deux gardes, par contre, n'apprécient pas du tout la présence d'un petit singe dans la place et se lancent à sa poursuite. Un troisième, qui tente de l'attraper, est déjoué entre les jambes par l'habile ouistiti. Winston se retourne et lui fait la championne des grimaces. Les talkies-walkies se font aller et, très vite, des dizaines de gardes le poursuivent. Habitué à la bouffonnerie, Winston se cache derrière une maquette, puis à l'intérieur de la reproduction en trois dimensions d'une petite chapelle catalane. Les gardes tournent en rond.

Nick, Martin et Béatrice se joignent aux autres visiteurs et rigolent bien malgré eux de la situation. L'un des gardes jure avoir vu Winston au premier étage en train de jouer avec les instruments de musique ancienne. En fait, c'est plutôt un petit garçon qui a profité de l'absence des gardiens et de ses parents (qui suivent le ouistiti) pour jouer d'une sorte de cithare antique.

Profitant de l'accalmie, Winston sort de sa cachette et se dirige vers la salle des kimonos japonais.

Suivi de Béatrice et d'un nombre grandissant de curieux, il s'arrête devant un kimono aux couleurs dominantes de rouge et de blanc. Béatrice applaudit Winston d'avoir trouvé du blanc et du rouge. Après avoir étudié le kimono et puisqu'elle n'a rien trouvé concernant Vladana, elle lui demande de continuer ses recherches. Dix gardes se croisent en courant un peu partout dans leur quête animale.

Winston évite tous les dangers, rend fous les gardiens, traverse le musée en entier et s'arrête devant une photo de la pyramide de Khéops dans la collection d'art égyptien. Martin, Nick et Béatrice le rejoignent. Winston saute sur le dos d'une femme qui lit des chiffres égyptiens.

La femme se retourne.

Nick, Martin et Béatrice restent sans voix. Devant eux se trouve Vladana. Pourtant, Vladana est dans la voiture à l'extérieur du musée! Nick pense tout de suite qu'il y a deux Vladana complètement identiques. Vladana a une double identité, pensent aussi ses amis. Ils demeurent sans voix et, pour une rare fois, ne savent pas comment réagir. Mais monsieur Lanverdière les rejoint et, les rassurant un peu, leur explique la situation.

— Vladana a décidé d'entrer dans le musée… Elle est venue directement à la collection d'art égyptien. Il n'y pas deux Vladana… Enfin, pour l'instant, il n'y en a qu'une!

— Ouf! Je croyais en avoir vu une deuxième, se rassure Nick.

Vladana lit à haute voix les caractères égyptiens. Soudain, Martin entend les deux sons de la petite chansonnette que Vladana et Clara chantaient à Salem : *tesaa* et *sifr*. Il répète les sons pour attirer l'attention de Vladana et cela produit l'effet désiré. Elle se retourne et dit, mystérieusement :

— J'ai vécu en Égypte déjà…

— Tu as vécu en Égypte, Vladana ? demande Nick.

— Oui, il y a très longtemps.

— Mais c'est impossible, essaie de déduire Martin.

— Je vivais tout près de la pyramide de Gizeh, qui s'appelle aussi la pyramide de Khéops… Je pouvais y entrer et en sortir !

— Tu te souviens ? lui demande Béatrice.

— Un peu, vaguement, tout me revient lentement… Je ne suis sûre de rien, mais de ce son je suis certaine : *tesaa* veut dire neuf, le chiffre neuf…

Martin prend des notes.

— … et *sifr* veut dire zéro, le chiffre zéro.

Martin note aussi cette information et essaie d'appliquer ces chiffres à sa théorie des codes.

— Mais en plus d'être ici devant nous, où es-tu Vladana, où es-tu dans le musée? cherche Béatrice.

— Par là-bas, par là-bas, affirme soudainement Vladana. En rouge et en blanc.

Les gardiens arrivent par dizaines maintenant et, apercevant Winston, se précipitent tous vers lui. Béatrice insiste:

— Trouve l'autre Vladana, en rouge et en blanc. L'autre Vladana, ici dans le musée. Et on découvrira son secret!

Les gardiens entourent maintenant Winston, qui a l'air très calme mais qui, au dernier moment, grimpe sur une sculpture égyptienne et se sauve en sautant sur plusieurs œuvres d'art. Au terme d'une poursuite mémorable où tout le monde a davantage le goût de rire que de se plaindre, Winston se retrouve dans la salle des impressionnistes où se trouvent des peintures magnifiques des grands maîtres Degas, Pissaro, Gauguin, Van Gogh, Cézanne, Renoir, Picasso ainsi que des sculptures de Rodin et tant d'autres œuvres grandioses.

Winston lance alors un cri si puissant que le conteur africain abandonne son spectacle (de toute façon, tous les spectateurs s'étaient déjà mis à la joyeuse poursuite du ouistiti). Le conteur se rend, lui aussi, jusqu'à Winston, qui crie et saute comme un fou devant une toile de Renoir.

Vingt gardes s'approchent de Winston, qu'ils croient enragé. Ils l'encerclent lentement sans oser le toucher. Une foule de plus en plus nombreuse s'agglutine maintenant derrière les gardes pour assister à cette drôle de confrontation.

Martin, Nick et Béatrice arrivent enfin dans la salle et disent très fort :

— Winston, où est Vladana ? Montrenous où elle est !

Winston crie et saute de plus belle. Nick et ses amis savent instinctivement qu'il ne reste que quelques secondes à Winston pour utiliser ses dons incroyables pour résoudre les mystères.

Les gardes, complètement paniqués, tiennent maintenant un filet de pêche entre leurs mains, qu'ils ont retiré, sans en avoir le droit, d'une petite exposition sur la mer. Ils sont maintenant très près du ouistiti, qui n'a plus aucune issue. Winston se juche sur une sculpture de Rodin et se cache les yeux avec deux de ses pattes. Dans quelques secondes, il ne pourra plus rien pour nos amis. Béatrice décide alors de gagner du temps.

— NON, WINSTON, NOOOON ! crie-t-elle très fort avant de feindre de perdre connaissance.

En tombant par terre, elle déstabilise la moitié des gardes, qui arrêtent alors leurs actions et se précipitent à son secours. Winston regarde à travers ses longs doigts effilés et, profitant du clin d'œil que sa maîtresse Béatrice lui lance, se sauve encore une fois à la poursuite de Vladana et de son secret.

Nick et Martin, comme un peu tout le monde sauf les gardes, sont ravis.

— Vas-y, Winston, dit Nick. Vite, trouve Vladana !

Winston tourne alors dix fois sur lui-même, puis grimpe sur la tête de Vladana qui rit très fort.

Le conteur africain se remet à jouer du tam-tam et les visiteurs se changent en spectateurs, frappant des mains. Winston fixe alors ses grands yeux globuleux sur ceux de tante Vladi. La musique et le bruit des spectateurs montent d'un cran et le tam-tam résonne de plus en plus fort. Même les gardes, après avoir aidé Béatrice à se relever, l'accompagnent dans cette danse effrénée. Tous, à l'unisson, rythment les mouvements du ouistiti qui court et tourne de plus belle autour de la salle à une vitesse folle. Soudain, Winston se tourne vers un mur, passe entre les jambes d'un gardien, grimpe à nouveau sur une sculpture de Rodin et s'immobilise, tout près d'un chef-d'œuvre extraordinaire. La musique s'arrête d'un coup sec. Tous se taisent, le silence est d'or, l'instant est unique et magique ! Nick s'approche et dit très doucement, en flattant le petit ouistiti sur la tête :

— Winston, quel est le secret de Vladana ? Où est-elle ?

Winston pointe alors du doigt le tableau LES DANSEURS DE BOUGIVAL de Pierre-Auguste Renoir.

Sur cette peinture, qui a été réalisée en 1883, il y a plus de 120 ans, un homme danse avec une femme qui porte une robe blanche et un bonnet rouge.

Vladana s'approche de la peinture. Même les gardes restent immobiles; le conteur africain tient ses mains suspendues au-dessus de la peau de son tam-tam. Dans la foule, plus personne ne respire. Vladana contemple la femme peinte.

Nick, Martin et Béatrice s'approchent de la magnifique toile et disent ensemble en regardant la dame :

— Vladana, c'est toi sur ce tableau.

Winston saute et pointe Vladana sur la peinture. Le service de sécurité s'empare de tout ce beau monde sous les applaudissements d'une foule en délire, comme si tout cela avait été un spectacle.

Au bout de quelques heures d'explication et grâce à l'aide de monsieur Aldroft, qui est venu à leur rescousse et s'est servi de tous ses contacts diplomatiques pour résoudre cet imbroglio, ils retrouvent tous la liberté.

— Je ne comprends pas, Vladi. C'est toi qui a posé pour le grand Renoir il y a 124 ans ? Ce n'est pas quelqu'un qui te ressemble ? C'est toi ? Oui, mais tu as le même âge que maintenant sur la peinture. Comment peut-on expliquer cela ?

— Et quand tu vivais à Salem ? demande Martin.

— J'avais le même âge à Salem il y a dix ans et à Salem en 1692 et en Autriche et même en Égypte il y a 3000 ans.

— Tu vivais vraiment en Égypte ? essaie de comprendre Nick.

— J'étais au service du pharaon, je lui faisais des plats particuliers.

— Tu as connu un pharaon ? s'étonne Béatrice.

— Si je reprends la phrase de Vladana, réfléchit Martin : *Écoute, si un jour je disparais loin de ta vue, cherche, viens au Museum of Fine*

Arts de Boston, je serai là pour un jour ou pour l'éternité, sûrement vêtue de blanc et de rouge. Avec mon code et les chiffres 4-6-5, cela donnait déjà **je viens de**… et avec les chiffres *tessa* qui veut dire neuf et *sifr* qui veut dire zéro, je trouve la lettre **l'**, puis le mot… quoi ? Bizarre ! Cela complète ce qu'elle voulait nous dire :

Je **viens de l'éternité !**

— Je sais que c'est difficile à imaginer, explique Vladana, mais je me rappelle beaucoup de choses grâce à vous maintenant et il me reste tant et tant à me souvenir. JE VIENS DE L'ÉTERNITÉ. JE SUIS ÉTERNELLE. Je vis depuis la nuit des temps, je ne vieillis pas et je ne meurs jamais. Tel est mon secret !

CHAPITRE 3

Retour à la maison

Monsieur James Aldroft est très fier de la confiance que sa fille lui témoigne en lui demandant son aide secrète. Quand elle lui a téléphoné pour lui annoncer que ses vacances au Mount Washington Resort étaient terminées et qu'il devait venir la rejoindre à Boston, il était ravi. En moins de deux heures, il était là ! Il les a sortis du pétrin au musée et, maintenant, il lui faut trouver une réponse à la question de Martin :

— Quels sont l'adresse et le nom du propriétaire de la camionnette immatriculée LZA 1166 ?

Martin, toujours fin détective, se rappelait de la plaque d'immatriculation de la camionnette qui avait explosé lors d'une confrontation entre Rohman et la dame aux cheveux blancs (voir Nick, épisode 4, *La boîte de cristal*). Maintenant, le moment était venu de vérifier si tout cela avait un lien.

Au bout de dix minutes, grâce à ses nombreux contacts, monsieur Aldroft obtient la réponse.

— Lydonie Draper, au 1117, Ocean Street, à Cape Ann, dans l'État du Massachusetts.

* * *

Au bout d'une heure trente, la limousine blanche, conduite par Georges, fait son entrée dans la cour d'une belle maison en bois toute peinte en blanc.

Vladana sort la première du véhicule. Tous observent sa réaction. Vladana se tient là, immobile, illuminée par le soleil, resplendissante de beauté. Des larmes coulent sur ses joues et seules les douces vagues de la mer tranquille bercent le silence.

Nick s'approche d'elle et lui met sa main froide sur l'épaule. Vladana se retourne et le serre très fort dans ses bras.

— Nick, merci d'être là ! Merci de m'avoir aidée à retrouver une partie de mon passé et, surtout, de m'avoir permis de redevenir moi-même.

— Tu es éternelle ?

— Je crois, oui ! C'est encore flou dans mon esprit, mais tout reprend sa place dans ma tête, dans mon cœur et dans mon corps.

—Mais comment est-ce possible ? demande Nick, à la fois joyeux et un peu effrayé par tout ce qu'il apprend au sujet de sa tante.

— Il ne me reste qu'une seule façon de retrouver toute ma mémoire.

Vladana marche vers l'eau, se laisse mouiller par le bleu de l'Atlantique, puis plonge dans l'eau salée. Nick la suit, un peu inquiet.

— Vladana ! Où vas-tu ?

Nick essaie de la suivre des yeux en grimpant sur les rochers qui bordent cette baie sauvage. Progressivement, il réussit à observer sa tante adorée.

Sous l'eau, Vladana ouvre les yeux et sent monter en elle tant et tant de souvenirs qu'elle se demande si elle a suffisamment d'espace dans son cerveau pour emmagasiner toutes ces images, tous ces sons et tous ces visages. L'eau de l'océan est si pure que Vladana en est transfigurée. Le soleil la frappe de ses rayons à travers les douces vagues, illuminant son visage d'un sourire plusieurs fois millénaire. Nick, en l'observant, se calme tout doucement et perçoit tout le bien-être de tante Vladi qui, sans danger et avec calme, reste sous l'eau des centaines et des centaines de secondes.

Vladana, transpercée par les gouttes d'eau vivifiante, pure et salée, se rappelle tout. Elle a vécu à Salem, travaillant au restaurant Loutchinski, en Californie, sur le bord de la mer parmi une famille de pêcheurs, au Népal, dans les montagnes tout près d'un monastère, en France, à Paris, où le grand artiste Renoir lui-même l'a prise en affection et l'a peinte pour l'immortaliser aux yeux de tous. Elle peut se rappeler tous les endroits où elle a vécu, en Autriche, en Afrique, et remonter ainsi jusqu'à Salem au XVIIe siècle, où elle vit tant d'amis périr sous les flammes, accusés de sorcellerie. Sa vie et ses expériences sont de véritables livres d'histoire. Le choc de se revoir en peinture au Museum of Fine Arts de Boston et le contact des gouttelettes de la mer lui ont ramené, heureusement, tant de choses en mémoire. Son secret est là, en images si magnifiques dans sa tête et si dramatiques à la fois. Toujours, depuis la nuit des temps, elle doit partir, fuir avant que son entourage immédiat ne découvre qu'elle ne vieillit jamais. Jamais elle n'a pu jusqu'ici partager ce secret avec un autre humain. Des gens, des chercheurs, des scientifiques, et surtout des profiteurs, des espions qui cherchaient à s'approprier son pouvoir, ont souvent senti sa force et tenté de s'approprier un peu de son secret sans le connaître vraiment. Mais toujours Vladana a su protéger ce monde infini qui vit en elle. Tant de fois elle a dû quitter son monde et plonger dans la mer. Toujours, invariablement, elle a pu fuir les dangers en se laissant guider par les gouttes d'eau. Dérivant au fond de l'océan parfois pendant plus d'une année, elle en émergeait, toujours régénérée, dans une nouvelle contrée. Elle possédait alors encore la même jeunesse, les mêmes forces intérieures et la même volonté de se refaire une vie là où les courants marins l'avaient menée. Presque sans vêtements, chaque fois elle s'était reconstituée un entourage. Sans rien, chaque fois, elle avait réussi à gagner la confiance de milliers d'êtres désireux d'être guéris par ces pouvoirs mystérieux qui la poussent toujours à se servir des plantes et des ressources naturelles de son nouvel environnement pour créer ou recréer des baumes, des parfums, des potions, des élixirs. Chaque fois, en Égypte, en France, au Japon, en Afrique, en Amérique, elle a pris, grâce à ses dons dignes des caméléons, les couleurs et les apparences de son entourage pour bâtir des liens de confiance. Son but ? Vivre son immortalité et trouver à travers les âges le moyen de partager avec tous ce pouvoir ultime.

Toujours, au fil de ses pérégrinations, elle a dû déjouer les complots et s'enfuir à nouveau. Là, aujourd'hui, elle doit partir une fois de plus. Elle se laisse bercer par les courants marins et entraîner au large. L'art de ralentir sa respiration et de puiser l'oxygène contenu dans son sang, cet art millénaire qu'elle a développé et peaufiné au fil des siècles, lui permet de vivre très très longtemps sous l'eau. À quel endroit, cette fois, les gouttelettes salées l'entraîneront-elles ? Sûrement très loin de Nick !

À la seule pensée de ce jeune garçon qui lui a sauvé la vie, Vladana se rend compte qu'elle ne lui a pas dit au revoir avant de se laisser emporter vers l'horizon.

Nick, toujours perché sur sa roche, a bien tenté de la suivre des yeux. Depuis une heure déjà qu'il scrute les vagues et qu'il l'a perdue de vue. Plusieurs fois il a plongé dans l'eau, évitant de justesse les rochers pointus et meurtriers qui entourent la baie. Plusieurs fois il a recommencé ses recherches, aidé de Béatrice, Martin et monsieur Lanverdière. Toutefois, ils ont dû se rendre à l'évidence et ont cru leur amie perdue à jamais. Aussi sont-ils soudainement très heureux de voir Vladana réapparaître.

Vladana n'en revient pas elle-même. Elle a enfreint la règle : elle ne s'est pas laissée aller vers le large. Pour une fois, elle a décidé de revenir dire adieu à des humains. Il est vrai, se dit-elle, que ceux-là sont uniques. Maintenant, pour la première fois, des humains mortels, Nick, Martin, Béatrice, Clara et monsieur Lanverdière, connaissent sa véritable nature. Elle leur doit donc une explication ou, à tout le moins, un au revoir.

— Vladana, Vladana, crie Nick, par ici, par ici !

Vladana, telle une sirène, nage en cercle, la tête hors de l'eau, à quelques mètres du rivage.

— Vladana, dit Béatrice, on croyait que tu t'étais noyée.

— Je suis éternelle, indestructible, je ne peux pas mourir !

— Oui, d'accord mon amour, dit monsieur Lanverdière, tu es éternelle, tu ne meurs pas, tu es indestructible. C'est bien beau tout cela, mais ce n'est pas une raison pour rester si longtemps dans l'eau. Tu vas attraper froid ou te fracasser sur les rochers. L'éternité, ce serait certainement beaucoup trop long à vivre dans l'estomac d'un requin, non ?

Vladana et les enfants éclatent de rire. Nick, Béatrice et Martin sautent à l'eau, lui prennent les bras et la tirent sur leur rocher.

Albert enlève son chandail et réchauffe son bel amour. Vladana, pour la première fois, décide, devant tant d'attention, de ne pas partir au large, du moins pas tout de suite. Son secret, avec eux, sera bien gardé ! Elle a confiance en eux. Elle croit en leur loyauté.

Hors de l'eau, en regardant sur la grève, Vladana sourit quand elle aperçoit sa maison; elle reconnaît le restaurant qu'elle possédait à Salem il y a de cela plusieurs années, le restaurant Loutchinski. Cet endroit a été déménagé par des amis de Vladana pour sauvegarder son énergie toute spéciale. Vladana se sent de plus en plus heureuse d'être revenue vers ses amis.

Béatrice s'approche d'elle :

— Ça va, Vladana ? demande Béatrice, un peu inquiète de l'avoir vue nager si longtemps sous l'eau.

— Ça va très bien, Béatrice. Nick, Martin, Albert, Béatrice, Clara… Merci de tout ce que vous avez fait pour moi. Sans vous, je ne serais jamais sortie de ce cauchemar.

— Tante Vladi, demande Nick, est-ce que cela veut dire que tu vas déménager ici ? Tu dois toujours changer de place comme ça ?

— Seulement quand il y a des gens qui me poursuivent. Ils croient que je peux leur donner mes pouvoirs, qu'ils pourraient s'en servir et même les vendre… même si c'est impossible ! Alors seulement je dois partir.

— Tu ne reviendras plus à Sainte-Rose ? Tu ne seras plus ma tante ? Tu vas disparaître, encore ? Tu deviendras la marraine de quelqu'un d'autre et tout va recommencer toujours, toujours, toujours ?

— J'ai toujours vécu comme cela, Nick ! lui dit Vladana en le serrant fort dans ses bras.

Elle serre tous ses amis, un à un, dans ses bras, en leur disant merci. Des larmes coulent sur ses joues.

Puis elle se tourne vers sa maison, son restaurant.

— Enfin, ma maison secrète, ma maison parfaite… C'est la première fois que je m'attache à une maison… C'est chez moi !

Elle entre dans sa maison, toujours juchée sur d'immenses poutres de bois depuis dix ans qu'elle a été transportée là par camion par des amis de la dame aux cheveux blancs (voir Nick, épisode 4, *La boîte de cristal*, quand Lydonie, la dame aux cheveux blancs, vient aider Nick et Vladana). Lydonie a fait cela pour protéger la maison de Vladana de Bloomsberg, de Rohman et des gouvernements du monde entier qui auraient tant voulu s'approprier ces richesses infinies qui vivent en Vladana. Elle possède l'éternité, de même qu'une énergie infinie. Cette énergie, est-ce la source de l'Extra-Luminescent Intelligency que croit avoir découverte Bloomsberg ?

Vladana grimpe sur les poutres de bois, gravit le premier escalier, puis entre dans son restaurant. Aussitôt entrée, elle y sent la même énergie revigorante qu'elle se rappelle avoir toujours ressentie. Curieusement, les quatre tables du petit restaurant sont assemblées et recouvertes d'une belle nappe neuve. Derrière le comptoir, sur les cuisinières, des plats mijotent. Ça sent la bonne soupe, le bon pain, le parfum des légumes frais. Sur les tables, de petites chandelles sont fraîchement allumées. Neuf couverts, assiettes, bols, couteaux, fourchettes et verres sont prêts à nourrir les amis de Vladana. Le plancher est propre, il n'y a pas de toiles d'araignées, la décoration est vivante, la peinture est fraîche.

Vladana sourit et se dirige vers la porte qui mène à la partie habitable de la maison. À droite, une petite porte s'ouvre sur sa chambre, où elle retrouve son immense lit dont elle se souvient avec tendresse. Elle n'y dormait pas souvent, préférant travailler au sous-sol dans son laboratoire, mais elle se rappelle de bons moments de détente et de calme durant lesquels son esprit aimait se reposer. Son lit est son album photo. Elle n'a qu'à s'y étendre et à fermer les yeux pour y revoir dans sa tête, comme dans un film, tous les gens qu'elle a connus et aimés. Elle se promet, très bientôt, de s'y coucher pendant des jours pour revivre en mémoire tout ce qu'elle a vécu depuis le début de son existence. 4 000, 10 000, 15 000 ans ?

Mais, auparavant, elle sort de sa chambre et se dirige de l'autre côté du petit corridor, vers une grande pièce qui lui a toujours servi de lieu de rencontre avec les gens qui venaient lui demander son aide. C'est son salon, immense, la plus grande pièce de la maison. Il y a trois grands divans, de superbes tapisseries qui viennent de plusieurs époques, des peintures, des sculptures et des œuvres d'art que des amis lui ont données.

Avec ses amis, elle se promet d'explorer l'origine de chacun de ces chefs-d'œuvre.

Partout, de petites bibliothèques où trônent des livres anciens qui, mystérieusement, ne sont pas poussiéreux. Dans le coin sud, un petit tapis sous lequel Vladana retrouve une trappe qui se soulève et qui, habituellement, s'ouvre sur le sous-sol, sur son laboratoire. Mais là, le passage est bloqué, la trappe semble soudée au plancher. C'est alors que Vladana entend dans sa tête :

— Tu ne pourras pas tout de suite soulever cette trappe qui mène au monde de cristal. Auparavant, tu devras trouver un endroit pour ta maison. Comme toujours, à toi de choisir.

Vladana se retourne et aperçoit Lydonie, la dame aux cheveux blancs, accroupie de dos, occupée à allumer un feu dans l'âtre. Vladana la rejoint et la serre dans ses bras. Les deux femmes se regardent longtemps. Elles ont tant de choses à partager. Vladana voit, dans les yeux de Lydonie, que le danger est maintenant passé. Rohman a été retrouvé aux États-Unis, tout près d'un immense chêne, complètement déboussolé, ne se rappelant plus de rien. Il est hors d'état de nuire pour un bon moment. Bloomsberg cherche toujours la source d'énergie, mais il croit que le satellite a mal fonctionné et qu'il lui a indiqué le mauvais endroit concernant l'émanation. En temps et lieu, on l'aidera à trouver une partie de l'énergie Extra-Luminescente et ce pouvoir pourra servir l'humanité, mais, pour l'instant, trop de forces noires habitent le cœur de trop. d'hommes.

— Cette énergie doit continuer à œuvrer dans le secret pour un moment encore, n'est-ce pas Lydonie ? questionne Vladana.

— Un jour, tout sera révélé. Nick, Béatrice et Martin t'y aideront grandement. Mais avant, lui dit Lydonie sans jamais ouvrir la bouche, mangeons un bon repas avec tes amis. Je vous ai préparé tes plats préférés.

* * *

Depuis une heure déjà, Nick, Martin, Béatrice, Clara, Albert, James Aldroft, Georges et même Winston, à qui on a réservé une place à table, dégustent les plats de Lydonie et tous sont ravis d'être ensemble.

Vladana leur sert un morceau de tarte aux fruits. Winston fait le pitre, réussit à subtiliser des bouts de tarte à un peu tout le monde et le repas se transforme en rigolade monstre.

Après le dessert, Vladana demande un grand service à Béatrice qui, sans hésiter, accepte de l'aider.

Béatrice entraîne son père au salon.

— Merci, papa, de m'avoir aidée et d'avoir respecté mon secret.

— Cela m'a fait beaucoup de bien… J'ai informé le vice-président que c'était Bloomsberg qui avait fait erreur et je lui ai demandé de prendre ce Rohman de malheur en filature. J'ai mis mes hommes là-dessus !

— Je t'avais promis un secret, le secret de Vladana. Je ne peux pas encore te le dire au complet parce que je ne suis pas certaine que tu es complètement guéri de toutes tes «folies». Tu aimes tellement le pouvoir, l'argent, la gloire, papa.

— Une promesse, c'est une promesse, Béatrice !

— C'est vrai ! Voici donc une partie de son secret : Vladana est une résidente illégale, elle n'a plus d'identité. Ne t'inquiète pas, elle n'a jamais commis de crime. Au contraire, partout où elle passe, elle répand le bien, elle soigne les gens malades… Si tu veux, elle pourrait t'aider à calmer tes crises d'angoisse. J'aimerais bien que tu arrêtes de t'impatienter et de courir pour rien.

— Je m'impatiente, moi ?

— Tu t'impatientes surtout envers les gens qui t'aident à ton bureau. Mais Vladana peut t'aider. Tranquillement, je vais te révéler d'autres parties de son secret, mais avant, j'ai un autre service à te demander.

— *Go on, ask for it, the President feels good about me now that we have found Rohman. I think everything's possible !*

(Vas-y, demande-moi ce service, le président a bien aimé que l'on ait retrouvé Rohman. Je pense que tout est possible pour moi maintenant.)

Béatrice lui fait sa demande, tout bas, à l'oreille.

James Aldroft, fier de montrer qu'il a du pouvoir, se lève, serre la main de sa fille et lui dit :

— Aucun problème, faveur obtenue, *give me one week* !

(Donne-moi une semaine.)

Chapitre 4

Et vogue le navire

Une semaine plus tard, James Aldroft répond à la demande. Une grue a été montée juste à côté de la maison-restaurant de Vladana, sur la plage de Cape Ann. Des hommes s'affairent depuis très tôt le matin à fixer les câbles d'acier sous la maison. En début d'après-midi, la grue soulève la maison et la dépose sur une immense barge.

Nick, Martin, Béatrice, Albert et Vladana s'apprêtent à partir et à suivre le camion de déménagement dans lequel tous les meubles ont été placés. Georges viendra les reconduire en limousine. James Aldroft, lui, ira reconduire Clara chez elle à Salem.

— Au revoir, Vladana, exprime tendrement Clara à sa grande amie.

— Tu viendras à l'ouverture du restaurant, n'est-ce pas ?

— Oui, c'est certain. Sois prudente, je suis tellement contente de t'avoir retrouvée.

— Maintenant que tu connais mon secret, garde-le précieusement. Lorsque tu as besoin de moi, tu sais où me trouver !

— Merci Vladana Loutchinski. À très bientôt, belle amie éternelle.

Les deux femmes se serrent dans leurs bras.

James Aldroft s'approche alors de Vladana et lui remet une enveloppe.

— Vous avez maintenant une carte de citoyenneté américaine et le gouvernement canadien est prêt à vous accueillir dans son pays. Dans nos ordinateurs, vous n'êtes plus une femme sous haute surveillance… Vous reprenez votre anonymat mais vous gardez votre identité. Vous êtes officiellement Vladana Loutchinski !

— Merci, monsieur Aldrof. Aussi, acceptez-vous que votre fille fréquente la même école durant une autre année ?

— C'est ce que j'avais prévu. Son français est excellent et c'est bon pour Béatrice de retrouver ses racines. Sa grand-mère est d'accord pour l'accueillir encore un an.

— Peut-être sera-t-elle dans la classe de monsieur Lanverdière avec ses deux amis.

— Oui, peut-être, car cette année, précise Albert, j'enseignerai en 4e année.

— Yeah ! crient en chœur les trois enfants, pas trop impatients tout de même que cet été se termine. L'école attendra encore un peu…

Tous se retournent et font un signe de la main à la barge qui emmène la maison de Vladana vers Sainte-Rose, au Canada.

* * *

Quand Nick et sa bande arrivent à Sainte-Rose, quelques jours avant la barge, ils sont surpris de constater que tout le terrain chez Vladana, le D-10, les restes de la maison brûlée, les blocs de ciment, tout a été évacué. Il ne reste sur son emplacement que l'immense chêne.

La barge, après avoir descendu la côte américaine vers l'Atlantique, s'engage sur la rivière Hudson à New York, remonte jusqu'aux Grands Lacs, traverse la frontière, s'engage sur le fleuve Saint-Laurent, emprunte la rivière des Outaouais en direction de Laval, bifurque vers la rivière des Mille-Îles et s'arrête non loin de la vieille église de Sainte-Rose, où une autre grue place la maison sur la base de ciment que monsieur Migacht a fait couler au 146, rue de Tourville.

Tante Vladana se sent si heureuse et si jeune en assistant à sa résurrection. C'est la première fois depuis la nuit des temps qu'elle disparaît, qu'elle fuit une vie, qu'elle rebrousse chemin au milieu des vagues et qu'elle recommence à vivre dans un milieu connu. C'est la première fois qu'elle ne change pas de nom. Sacah Poutska, Rabannih Charvil, Hélène Lantaigne, Natacha Nesteranka, Ariel Bouteflick, autant de vies, d'images du monde, d'amitiés qui lui reviennent en mémoire. Mais, aussi incroyable que cela puisse paraître, pour une fois, elle décide de tout risquer en gardant son nom, son entourage et sa profession.

En rebroussant chemin au milieu des vagues, elle a changé le cours de son destin (ou plutôt a-t-elle décidé d'enfin y faire face ?). Devra-t-elle bientôt révéler au grand jour son immortalité ? Peut-être... Une chose est certaine, jamais plus elle ne pourra envisager de fuir son monde. Nick, Béatrice, Martin et son amoureux Albert font désormais partie de sa vie pour toujours. Elle aime tellement leur compagnie, elle se sent tellement en confiance auprès d'eux qu'elle est prête à risquer de révéler au grand jour le secret de sa vie mystérieuse pour garder vivants ces liens désormais indestructibles.

Elle sera donc à nouveau propriétaire d'un restaurant.

Le jardin est prêt à accueillir le restaurant de Vladana. Le père de Nick, monsieur Migacht, a même commencé à faire les démarches pour obtenir un permis pour que Vladana reprenne son commerce de restauration. La rue de Tourville ayant un passé commercial, on y permet ce genre d'établissement. Les déménageurs attendent sagement que toutes les manœuvres soient terminées pour transporter tous les meubles et tous les souvenirs de Vladana dans sa maison-restaurant.

Vladana s'assoit au pied du chêne et ferme les yeux. Pendant qu'Albert et monsieur Migacht dirigent le déménagement et l'installation des meubles et bagages de Vladi, pendant que Martin et Béatrice grimpent sur leur poste d'observation préféré (la première branche du grand chêne), Nick, lui, s'assoit doucement au côté de sa tante.

— Tante Vladi, chuchote doucement Nick à son oreille, tu es heureuse ?

— Plus que j'aurais pu l'imaginer. Il y a tous ces souvenirs qui me reviennent à la mémoire, il y a toutes ces connaissances que j'ai accumulées, il y a tant de paysages, tant de regards, de sourires...

— Tu as vraiment vécu avec un pharaon ?

— Oui, dit Vladana en riant. Tu ne me croiras peut-être pas, mais l'un des pharaons, Toutankhamon, l'un des hommes les plus puissants de l'histoire de l'humanité, avait peur des araignées.

— Non, s'étonne Nick !

— Parfois, Toutankhamon avait peur de son ombre ou de l'ombre d'une petite bête.

Nick et Vladana rient très fort et très longtemps. Martin et Béatrice ne comprennent pas pourquoi, mais ces rires les transportent aussi au pays du bonheur. Des sourires immenses les unissent tous. Nick appuie sa tête sur l'épaule de Vladana puis, après un long silence, lui demande en secret:

— Tu n'es pas vraiment ma tante, n'est-ce pas ?

— Non !

— Tu n'es pas la sœur de ma mère ?

— Non !

— C'est sans importance. Pour moi, tu es ma tante !

— Pour nous aussi, disent Martin et Béatrice.

Vladana ressent pour la première fois le sentiment si doux et profond de l'amour filial. Elle se donne enfin le droit de vivre une sorte de vie de famille. Que va-t-elle faire si Rohman, Bloomsberg, le père de Béatrice et tous les envieux de la Terre découvrent son secret et la puissance qui s'y rattache? Deviendra-t-elle une bête de cirque? Une femme que tout le monde veut voir?

— Venez, venez, approchez, approchez… Oui, oui, c'est ici, sur la rue de Tourville, que vit Vladana Loutchinski. Elle est IM-MORTELLE. Donnez-nous vos sous et vous pourrez la voir, la toucher, goûter à son repas, vous parfumer de ses concoctions et, peut-être, par osmose, gagnerez-vous un peu de son pouvoir, de sa force, de son éternité! Approchez, approchez!

Voilà ce que Vladana craint le plus. Elle ne veut pas vivre de vedettariat et devenir un objet de culte, une déesse, une reine, une force qu'on désire s'approprier.

Aujourd'hui, elle décide toutefois de ne pas s'en faire et de vivre pleinement son retour à Sainte-Rose, cette terre bénie qu'elle aime tant!

— Béatrice, lance soudainement Vladana, viens, je vais te faire essayer la couronne d'une reine africaine.

— D'accord!

— Moi aussi, moi aussi, crient à l'unisson Martin et Nick.

Bras dessus, bras dessous, Nick, Martin et Béatrice suivent tante Vladana vers l'intérieur de la maison, où de vigoureux déménageurs déposent quelques malles remplies des trésors que Vladana a réussi à conserver malgré ses multiples migrations.

Chapitre 5

Le cristal mystérieux

Deux semaines plus tard, Nick rejoint Vladana chez elle.

— Vladana, je peux entrer ? demande Nick.

— Oui, bien sûr !

La maison de Vladana a maintenant l'air d'un sou tout neuf. Tous ses souvenirs fantastiques ornent les murs de sa maison.

— Où sont Martin et Béatrice ?

— Ils sont assis sur la branche du grand chêne.

Vladana sourit.

— Je me demande pourquoi ils veulent toujours retourner là-bas. Béatrice me dit tout le temps que cela la calme et lui éclaircit les idées.

— C'est à cause du cristal, Nick !

— Le cristal ?

— Oui, il y a un cristal qui entoure les racines du grand chêne. Béatrice et Martin sont attirés par son énergie. As-tu remarqué comme ils sont souriants, heureux et dynamiques depuis quelque temps ?

— Oui… tu as raison.

— Le cristal du grand chêne a le même effet que ta main, Nick. Il aide les gens à se sentir si bien à l'intérieur d'eux.

— Vladana, quand rouvriras-tu ton restaurant ?

— Bientôt, bientôt ! Viens, Nick, j'ai quelque chose à te montrer.

Vladana emmène Nick au salon. Elle pousse un petit tapis et soulève une trappe. Nick est tout surpris d'y voir une toute petite couche de cristal.

— Quand la maison a été déposée ici, le cristal s'est tranquillement reformé. C'est à cause du grand chêne. Ce cristal bien spécial a besoin de la présence du grand chêne pour subsister. Il existe sept grands chênes comme celui-ci dans le monde.

— Dis-moi, Vladana, à quoi sert ce cristal ?

— Je te montrerai à quoi il sert. Mais, entre autres choses, c'est en le traversant qu'on peut aller à la source du cristal et en recueillir une goutte liquide qui constitue l'ingrédient le plus important de notre potion.

— On peut traverser le cristal ?

— Cela dépend…

Nick n'écoute plus Vladana. Il regarde le cristal. Lentement, il approche sa main froide et y touche. Aussitôt, une lumière intense irradie. Nick a une soudaine crainte et retire sa main.

— On va se faire repérer par Bloomsberg et compagnie, s'inquiète Nick !

— Ne t'en fais pas, cette maison est vraiment spéciale. Entre autres choses, elle bénéficie d'un système de protection; personne ne pourra plus nous détecter à moins que nous le désirions. Le plafond, les murs, les planches ont été construits à partir des huitièmes branches des sept grands chênes !

— Quoi ?

— As-tu remarqué que ces chênes que tu as aperçus à Salem, au musée de Boston et ici ont tous sept branches ?

— Oui.

— Une fois tous les cent ans, des branches supplémentaires poussent. On peut alors les couper et y récolter un bois unique qui protège le cristal et l'énergie de l'immortalité contre toutes les invasions.

Nick replace sa main sur le cristal et recrée la luminescence.

— Vladana, tu me dis que ma main est comme le cristal. Alors, est-ce que moi aussi j'ai le privilège de pouvoir traverser le cristal ?

— Je crois bien que tu le peux avec ta main, mais je ne suis pas encore certaine.

— Qu'y a-t-il de l'autre côté ?

— Un monde gigantesque et tellement lumineux que Rohman en serait aveuglé à jamais.

— Et moi ?

— Ça prend du courage pour ouvrir ses yeux et son cœur à des peuples, des idées et des couleurs toutes nouvelles.

Nick replace sa main sur le cristal puis pousse un peu vers le bas.

Aussitôt, Nick sent sa main traverser un liquide épais qui se met à bouillonner. Des gouttes de cristal lui éclaboussent le visage et se collent à ses paupières.

Nick voit alors apparaître une lumière brillante bleue, verte, mauve, jaune, rouge, qui virevolte et lui fait ressentir tellement de bien.

— Ne va pas trop loin, lui dit Vladana, expérimente ce monde lentement.

Nick essaie plutôt de plonger plus creux encore. De nouvelles gouttelettes l'éclaboussent.

La lumière l'inonde puis lui enserre la tête. Les couleurs tourbillonnent, se mélangent puis se fixent en un point qui grossit et grossit jusqu'à devenir réel.

Un lézard monstrueux (un nidorta; voir Nick, épisode 3, *Les espions*) essaie de lui arracher la main.

Vladana le repousse d'un simple regard et Nick en est quitte pour une bonne frousse.

Au bout d'un moment, remis de ses émotions, Nick commence à rire nerveusement.

— Le cristal, c'est dangereux ?

— Oui, non... tout dépend de toi et de tes peurs. Si tu es calme, toutes les attaques seront inutiles et tu pourras traverser de l'autre côté du cristal.

— De l'autre côté ?

— Oui... Un monde que tu reconnaîtras mais que tu verras pour la première fois.

— Je ne comprends pas.

— Nick, ne vas pas trop vite, prends tout ton temps.

— Tu m'apprendras ?

— Promis !

— Est-ce que je suis éternel moi aussi, Vladana ?

— Je ne sais pas, Nick ! Mais, pour moi, tu es unique et précieux. Merci d'être là !

Martin et Béatrice arrivent en courant.

— Vladana, Nick, vite, on a vu un lézard, un nidorta qui essayait de sortir du sol au pied du chêne.

Nick et Vladana racontent toute l'histoire à Martin et Béatrice, qui regardent le cristal avec peur, respect et admiration.

— Pour l'instant, dit Vladana très bas, on ne parle de tout cela à personne.

— Promis, répondent-ils tous en chœur.

* * *

Derrière la maison de Vladana, Georges active son cellulaire, compose un numéro et dit :

—Monsieur Rohman ?... Oui, ils sont là. Ne vous inquiétez pas, je vous rappelle tous les jours. Ce restaurant n'est vraiment pas normal. On n'arrive à détecter aucun mouvement avec nos lecteurs à infrarouges, alors que je sais qu'ils sont dans la maison. Je les ai vus entrer. Ils ont érigé des protections. Les ondes ne passent pas. Mais je pense qu'ils cachent une mine d'or. On va la dénicher. Oui, bien sûr, nous serons tous riches !

— Nick, Béatrice, dit Martin, jouez-vous au soccer avec moi ?

— Pourquoi pas !

— Moi aussi, j'y vais !

— Venez, dit Martin, je vais vous montrer comment joue un champion.

— Bien sûr, bien sûr Martin, tu es le meilleur !

— Un jour, je gagnerai la Coupe de cristal !

— La Coupe de cristal ?

— Oui, c'est la coupe remise au meilleur joueur de la meilleure équipe de soccer au monde.

— Tu vas la gagner c'est certain ! dit Nick.

Pendant que tout le monde court à l'extérieur, Nick demande tout doucement à Vladana :

— La Coupe de cristal ? La coupe est-elle faite du même cristal ?

— Chut, Nick ! Il y a des oreilles partout ici !

Derrière la porte, Georges enregistre les propos de Nick et Vladana.

Pendant que Georges rapporte ces derniers mots à Rohman, Vladana, Nick et Béatrice jouent au soccer et Martin rêve de la Coupe du monde de soccer, la Coupe de cristal !

* * *

Lisez le prochain épisode de
Nick la main froide qui aura comme titre :
La Coupe de cristal !

TABLE DES MATIÈRES

Marquis imprimeur inc.

Québec, Canada
2008